El Juego de las Prendas

Dominación y sumisión erótica

Erika Sanders

El Juego de las Prendas

Erika Sanders

Serie
Dominación y sumisión erótica

Sinopsis

La protagonista de esta historia va a una fiesta de unos amigos acompañada de su novio Paul.

La fiesta transcurre como cualquier otra fiesta hasta que ella descubre que varias personas se meten por una puerta y no vuelven a salir.

Venciendo su curiosidad ella se introduce en la puerta y descubre que la habitación está llena de hombres y mujeres, riendo sin parar, y mirando hacia el centro de la habitación donde un chico tiene una cajita con unas tarjetas ...

El Juego de las Prendas es una historia perteneciente a la colección Historias Eróticas, una serie de historias de alto contenido erótico.

(Todos los personajes tienen 18 años o más)

Nota sobre la autora:

Erika Sanders es una conocida escritora a nivel internacional, traducida a más de veinte idiomas, que firma sus escritos más eróticos, alejados de su prosa habitual, con su nombre de soltera.

Índice:

EL JUEGO DE LAS PRENDAS
ERIKA SANDERS

11

Paul y yo habíamos ido a una fiesta que daban unos amigos suyos.

No conocía a casi nadie, pero parecía un grupo agradable.

Paul se disculpó y se puso a hablar con unos compañeros que no veía desde que acabó la carrera, así que me quedé sola.

Me serví un poco de sangría y me puse a beber tranquilamente, buscando con la mirada a alguien conocido.

Todos estaban ocupados hablando con alguien y no quería interrumpir ninguna conversación.

De pronto, vi que un par de personas se metían por la puerta que había al fondo del salón.

Al poco, otras tres personas más entraron también.

Luego, uno más.

Aquello fue demasiado para mi curiosidad, así que decidí ver qué pasaba allí dentro.

Abrí la puerta y vi a un numeroso grupo de gente mirar hacia el centro de la habitación.

Me puse de puntillas para ver qué es lo que estaban mirando y descubrí a un chico de unos veinticinco años sentado sobre una mesa con una cajita llena de pequeñas tarjetas en la mano.

La gente se reía sin cesar y aquello picaba aún más mi curiosidad.

Decidí preguntar a alguien para salir de dudas.

Toqué en el hombro a una chica que había delante de mí.

"Oye, perdona. ¿Qué es todo esto? "pregunté, elevando la voz por encima de las risas.

"Estamos jugando al "¿Te atreves?" "me respondió" ¿Quieres jugar?

"No sé cómo se juega "dije.

"No importa, ahora mismo te lo explico " exclamó "Ya verás como es muy fácil. Cuando te llegue el turno debes escoger una tarjeta de la caja que lleva el 'moderador' del juego, que es el chico que está sobre la mesa. En la tarjeta hay escrito un "desafío" que debes cumplir. Si decides no cumplirlo, debes pagar prenda. Debes quitarte algo de ropa.

" Ya entiendo. Por eso está ese de ahí sin camisa "dije señalando a un hombre que se partía de la risa. "

" Eso es "respondió ella " Es que ya llevamos un rato jugando. Además de ese hay otros que ya han pagado prenda. Aquella chica ya está en bragas y yo me he tenido que quitar los zapatos."

Miré hacia sus pies y vi que decía la verdad.

Sonreí, le di las gracias y salí de la habitación.

Busqué a Paul para preguntarle si quería entrar a jugar conmigo.

" No cariño "me respondió" Ve tú si quieres, que yo estoy hablando con unos amigos de la universidad."

Entré sola.

Me dijeron que para entrar en el juego debía decírselo primero al moderador.

Así lo hice y cuando me llegó el turno saqué una tarjeta.

"Con una venda en los ojos, besa a tres miembros del sexo opuesto y luego adivina quién es quién."

Eligieron a tres hombres, y me pusieron la venda.

El primero parecía que quería llegar a mis amígdalas con su lengua.

El segundo usó menos la lengua, pero se pasó casi un minuto sobándome el culo mientras me besaba.

El tercero también usó mucho la lengua y no solo me sobó el culo, sino que también me acarició las tetas.

Les dejé que lo hiciesen ya que, si hubiese detenido a cualquiera de ellos me hubieran eliminado.

Me quité la venda y acerté a los tres, a uno por la barba, y a los otros dos por la altura.

Cuando me volvió a tocar el turno, había ya una mujer en sujetador y bragas, y un hombre en calzoncillos.

Saqué una nueva tarjeta.

"Tendrás que enseñarle tu ropa interior al que consiga acertar su color. Pueden probar tres personas."

¡Qué mala suerte! Llevaba un liguero y unas bragas negras a juego.

Seguro que a alguien se le ocurría decir ese color.

Pero lo peor era que las bragas eran transparentes y se me veía todo a través de ellas.

¿Por qué no me habría puesto las bragas granate?

Escogieron a otros tres hombres.

El primero dijo que no llevaba nada.

Me reí y le dije que había fallado.

El segundo dijo que era negra.

¡Bingo! ¡Acertaste!

Le dije que se diese la vuelta y me levanté el vestido para que solo él la pudiese ver.

Al verme, silbó agradecido.

El moderador del juego dijo que como había perdido tenía que quitarme alguna prenda.

Con un sensual gesto me metí las manos bajo la falda, me bajé las braguitas y las colgué en la percha con el resto de ropa que ya se habían quitado los demás.

En el siguiente turno, dos hombres perdieron los pantalones y una mujer el sujetador, y dos personas abandonaron el juego quedándonos solo diez personas.

La mujer con las tetas al aire recordó al grupo que yo no había realizado el mismo número de pruebas que el resto de la gente y propuso que se me hicieran dos pruebas extra para ponerme a la altura de los demás.

La gente ignoró mis protestas y rápidamente votó a favor de hacerme dos pruebas extra seguidas.

Extraje la primera tarjeta.

"Quítate el sujetador sin abrirte ningún botón de tu vestido o de tu blusa."

Como mi sujetador se abría por delante, lo abrí sin ningún problema y pasé un lado por debajo de cada uno de mis brazos.

Mientras, todo el mundo me miraba fijamente y oí a alguna gente comentar que se me transparentaba todo.

El moderador dijo que una de las reglas del juego prohibía volver a ponerse ninguna prenda.

Saqué una nueva tarjeta.

"Elige a tres personas de tu mismo sexo con el juego de las pajitas. Dale un beso francés a una que dure por lo menos un minuto."

Rompí tres cerillas, las mezclé con otras cuantas y las fui pasando para que cada mujer eligiese una.

La que sacase una de las tres cerillas rotas tendría premio.

Joanna, una chica pelirroja de unos veinte años, un cuerpo con curvas perfectas y un poco más baja que yo, fue la primera en sacar una de ellas.

Se rió y dijo que siempre se le había dado bien ese juego.

Me hizo sentarme en sus rodillas y el moderador me recordó que si interrumpía el beso perdería el desafío.

Joanna empezó a besarme con gran determinación y, sabiendo que no tenía nada bajo mi ropa, primero acarició mis pechos y luego deslizó una mano bajo mi falda, dejándola justo sobre mi pubis, jugueteando con mi clítoris.

Aguanté el beso, pero no pude seguir sentada con aquellas manos tan experimentadas en mi clítoris.

Expertamente, me hizo alcanzar un orgasmo, mientras yo me retorcía sobre sus rodillas.

Cuando interrumpí el beso, el grupo aplaudió y vi que habían pasado seis minutos.

Joanna mantuvo aún su mano sobre mi palpitante coño durante un momento y luego me levanté.

No obstante, no dejó de presionar sobre él hasta que no me alejé unos cuantos pasos.

Tenía la respiración acelerada y me dispuse a esperar que me llegase de nuevo el turno.

Un hombre perdió los calzoncillos dejando a la vista una gruesa y dura polla.

Una segunda mujer perdió el sujetador.

La mujer que ya no tenía sujetador perdió la falda, quedándose sin nada puesto.

Me pregunté que pasaría si perdían otra vez.

Paul eligió este momento para entrar a la habitación.

El moderador le preguntó si quería quedarse.

Echó un vistazo a las tetas de las dos mujeres y no dudó en decir que sí.

Le dijeron que debía aceptar cinco desafíos si quería quedarse.

Sacó su primera tarjeta.

"Con una venda en los ojos, besa a tres miembros del sexo opuesto y luego adivina quién es quién."

Yo fui la segunda y Joanna la tercera.

Sobé a Paul como lo había hecho la primera mujer, frotando su polla a través de sus pantalones.

Joanna lo hizo mejor, bajándole la bragueta y metiendo la mano dentro.

Paul no acertó conmigo (creyó que yo era la número uno).

Perdió cuatro de las cinco prendas quedándose allí de pie en calzoncillos, y con una tremenda erección que pugnaba por liberarse.

El moderador anunció que las cosas ya habían llegado lo suficientemente lejos y que era el momento de sacar las tarjetas más fuertes.

Yo saqué la primera.

Me vendaron los ojos y me pusieron tres pollas en las manos.

Tenía que adivinar a quién pertenecía cada una.

Increíblemente fui incapaz de distinguir la de Paul de las demás.

Con toda la gente de la habitación mirando, me quité la blusa.

La mujer que ya estaba desnuda desde la ronda anterior perdió su desafío y todos los hombres sacaron una pajita.

El moderador dijo a la mujer que tendría que sentarse sobre la polla del que sacase la pajita más corta durante al menos cinco minutos.

Vi cómo se sentaba sobre el ganador, mientras éste le metía con cuidado la polla en su chorreante agujero, preguntándome si mi castigo sería el mismo en caso de quedarme desnuda.

El moderador empezó a contar el tiempo.

Ella intentó comportarse como si nada, como si al no moverse nos fuese a convencer de que no se la estaban follando allí en medio de todos, pero los lentos movimientos con que el hombre la penetraba hizo que, al cabo de unos tres minutos, empezase a reaccionar.

Estaba empezando a meterse en materia cuando el moderador dijo que el tiempo había acabado y la hizo levantarse, a lo que ella se negó, aferrándose con fuerza al dueño de la polla que tanto placer le estaba proporcionando.

Todos reímos ante aquella divertida reacción, mientras Joanna y el moderador trataban de sacar aquel erecto miembro de su coño hambriento.

A duras penas lo consiguieron.

La siguiente era yo.

"Mira las tetas de tres mujeres y luego con los ojos vendados identifícalas tocándolas solo con la lengua."

Joanna se presentó rápidamente voluntaria así como otras dos mujeres.

Les miré las tetas, calibrando su tamaño y características, y luego me vendaron los ojos.

Mi lengua exploraría por turnos cada una de las tetas.

Se me ocurrió que si se las chupaba con ganas acabarían por emitir algún sonido de placer que me ayudaría a saber quién era cada una.

La segunda estuvo en silencio hasta que le rocé el pezón con los dientes y no pudo evitar un gemido de placer.

La tercera gimió al primer lametón.

Dije que Joanna era la primera, y luego quién pensaba que eran las otras dos.

Acerté.

Ya creía que había pasado el desafío cuando el moderador dijo que debía cumplir un castigo.

Se había dado cuenta de que había usado los dientes con una de ellas.

Me dijo que me quitase la falda.

Iba a decir que siguiese desnudándome, pero se detuvo al ver mi excitante liguero rojo y negro.

Me dijo que podía seguir con la falda puesta, pero que a partir de ahora tendría que cumplir los mismos castigos que los jugadores que ya estaban desnudos.

Metió la mano en la caja de castigos y sacó una tarjeta.

No me la enseñó, pero hizo que las tres mujeres que quedaban la leyesen.

Se acercaron a mí, me rodearon lentamente y me llevaron a la cama.

Joanna se sentó en ella y las otras dos me colocaron sobre sus rodillas.

La mujer a la que le había mordido el pezón se colocó cerca de mi cabeza de forma que mi cara descansase sobre su coño.

Me sujetó los brazos para que no pudiera moverme.

La otra me sujetó las piernas y comenzó a jugar con mi coño.

" ¿Has visto que húmeda está, Joanna? "oí que le decía.

Mientras, comenzó a tocar mi clítoris con un dedo y a explorar mi interior con otro al mismo tiempo.

Involuntariamente mis caderas empezaron a retorcerse sobre las rodillas de Joanna.

De repente, ésta me azotó con fuerza.

No me quejé, pues temía fallar el castigo.

Me golpeó unas cuantas veces más y por fin se detuvo.

" ¿Cuántos han sido? "me preguntó.

" No lo sé "respondí asustada.

" Entonces empezaremos otra vez "dijo.

Joanna siguió azotándome con fuerza mientras mi coño era explorado por la otra chica.

Esta vez me fijé en contar los azotes.

Cuando llevaba veinte se detuvo y miró a la mujer que me sujetaba los brazos.

" ¿Ya ha empezado a lamértelo? "le preguntó.

" No "contestó.

" Empezaremos otra vez "exclamó Joanna.

Enterré mi cara rápidamente en aquel coño que pertenecía a una mujer de la que, como ya os habréis dado cuenta, no sabia ni su nombre.

Joanna siguió golpeándome cada vez con más fuerza.

Por fin, se detuvo.

Yo había contado 23 azotes esta vez, aunque temía haberme perdido alguno.

" ¿Cuantos han sido? "me preguntó de nuevo.

" Veinticinco "dije para asegurarme.

" No, tendrás que hacerlo mejor "dijo Joanna" Empezaremos otra vez.

El resto de la gente aplaudía y animaba sin cesar, pero no a mí sino a mis torturadoras.

También oí a Paul felicitar a Joanna por el espectáculo que me estaba haciendo dar.

Durante todo aquel tiempo, las manos que jugaban con mi coño no habían disminuido ni un ápice su velocidad.

Había perdido ya la cuenta de mis orgasmos, (por lo menos habían sido cinco), y a juzgar por el número de veces que la mujer a la que le estaba comiendo el coño me había cogido la cabeza, ella había tenido al menos tres.

Joanna detuvo sus golpes una vez más.

" ¿Cuantos han sido? "me preguntó.

"Veinticinco "dije de nuevo, preparándome para una nueva tunda.

" Correcto "dijo sin más.

Luego, dirigiéndose a la mujer que había a mi cabeza, preguntó:

” Virginia, ¿te ha dejado satisfecha?

“ De momento sí “la oí contestar” A no ser que le crezca una polla... “

“ ¿Y tú, Julia? “preguntó a la que había estado explorando mi coño.

“ Sí “respondió con la respiración agitada” Por mí, ya vale”.

Hice ademán de levantarme, pero Joanna me detuvo y me obligó a permanecer tumbada.

“ Puede que ellas hayan acabado, pero yo no “me dijo” Ahora debes contar los próximos diez golpes para que todos los que están en esta habitación puedan oírte. Luego nos besarás los coños a mí, a Virginia y a Julia a modo de agradecimiento por lo bien que lo has pasado con nosotras.”

Acepté.

Le llevó más de un minuto golpearme las diez veces.

Luego, besé el coño de Virginia sin levantarme siquiera y le di las gracias.

Me levanté y besé el coño de Julia y le di las gracias a ella también, dejando a Joanna para el final.

La comida de coño que le dediqué duró unos tres minutos, hasta que finalmente la noté correrse.

Luego le di también las gracias.

Mientras lo hacía, me di cuenta de que sentía lo que estaba diciendo.

La experiencia había sido de lo más gratificante.

Ahora era el turno de Paul...

Paul escogió una tarjeta de desafío y por la expresión de su cara supe que no le había tocado lo que esperaba.

"Usando solo la boca y con los ojos vendados, identifica las pollas de tres hombres."

“ No pienso hacer esto “dijo, volviéndose hacia mí.

“ Un momento “contesté algo molesta” Te lo has pasado en grande viendo cómo me lo montaba con tres mujeres y tú ahora no quieres hacer esto. Creo que estás siendo injusto.”

“ Pero, es que... “empezó a decir” Es que son... ¡¡pollas!!”

" Vamos "dije, viendo que ya le estaba convenciendo" No te va a pasar nada si lo haces, no va a hacerte ningún daño. Además, piensa en el castigo que te impondrá el moderador si te niegas."

No estoy segura de cual de mis argumentos logró finalmente convencerle, la cuestión es que, tras pensárselo un momento más, anunció que iba a intentarlo.

Observé con atención las tres pollas expuestas ante Paul.

Él tenía los ojos vendados y temblaba de la cabeza a los pies.

Intenté animarle diciéndole que aquello me estaba excitando tremendamente, lo cual era completamente cierto.

Por fin se decidió y empezó a cumplir el desafío.

Al final no fue para tanto, acabó en menos de un minuto y solo acertó a uno.

El moderador me pidió que le ayudase a elegir el castigo.

Con los ojos aún vendados, le hicieron sentarse en el borde de la cama.

Las mujeres que seguían en la habitación se desnudaron.

A partir de ese momento la ropa ya no serviría como castigo.

Cada una de ellas se sentó en su tiesa polla durante exactamente un minuto.

Yo fui la cuarta y Paul me reconoció por las medias que aun llevaba puestas o quizás por otra cosa.

Me rogó que me quedase un poco más, lo suficiente como para correrse.

Le di un beso que le desatascó la garganta y me quedé sentada sobre él unos instantes más mientas sus caderas me empujaban una y otra vez, intentando llegar rápidamente al orgasmo.

No se lo permití.

Al fin y al cabo era un castigo, así que me levanté dejándole a medias.

Joanna fue la última en meterse su polla.

Le excitó sin piedad y también le dejó antes de que llegase a correrse.

" Si me necesitas para elegir algún otro castigo, no dudes en consultarme "me ofrecí al moderador, mientras Paul se levantaba y se quitaba, exhausto, la venda de los ojos.

" No te preocupes "me sonrió" A partir de ahora los elegiremos entre los dos."

Vi a Joanna coger la siguiente tarjeta.

La leyó para sí y pareció divertida.

Le pedimos que la leyese en voz alta y así lo hizo.

"Elige tres hombres y tócales las pollas. Después, con los ojos vendados, siéntate sobre ellas e identifica a sus dueños."

Se paseó por la habitación y eligió a dos hombres, curiosamente, los que tenían las pollas más grandes.

Al llegar a Paul se detuvo ante él y le cogió dulcemente la polla.

Paul dio un paso al frente, contento pues ahora iba a tener la posibilidad de acabar lo que antes no le habíamos dejado.

Pero, Joanna la soltó, sonriendo cruelmente.

" De momento ya has tenido suficiente "le dijo" Si te portas bien, quizás te escoja para otro juego".

Y se alejó de él, dejándole con la polla tiesa y una mueca de desilusión en el rostro.

No pude evitar sonreír.

Le estaba bien empleado.

Joanna eligió al tercero y lo llevó junto a los otros dos.

Tocó cada una de las pollas hasta que se pusieron duras y al acabar le vendaron los ojos.

Luego, se empaló en cada una de ellas, sin darles la oportunidad a ninguno de los tres de llegar a correrse.

Ella sí se corrió con fuerza sobre la tercera polla.

Incomprensiblemente, no acertó ninguna.

Todos nos dimos cuenta de que había fallado a propósito, incluso el moderador que me llamó para deliberar.

Por fin, encontramos un castigo acorde con la personalidad de Joanna, aunque en nuestro interior todos sabíamos que más que un castigo, para ella era un regalo.

Atamos a Joanna a la cama boca abajo, de forma que su cintura se doblaba en el borde, quedando de rodillas con el culo expuesto a todos nosotros.

El castigo consistiría en que cada hombre se la follaría por detrás durante un minuto exacto.

Yo estaría a su lado para ir introduciéndole cada una de las pollas.

El moderador llevaría el tiempo.

Un gesto suyo sería la señal de que se había acabado el tiempo y de que debían sacarle la polla.

Si se negaban, yo sería la encargada de sacársela a la fuerza (cogiéndoles por los huevos si fuese necesario).

Me acerqué a Paul y le dije una cosa al oído.

Luego, me puse en mi puesto.

Agarré con las dos manos la primera de las seis pollas que iban a entrar por el agujero de Joanna.

" Tiene la punta un poco seca "mentí, pues todo aquello me estaba poniendo de lo más cachonda" Creo que voy a tener que humedecerla con la lengua."

Así lo hice, recreándome más de lo necesario, lo que me hizo ganarme una reprimenda del moderador.

Luego, expertamente la introduje.

Justo cuando Joanna empezaba a moverse al ritmo de su pareja, el moderador me dio la señal de parar.

Agarré la polla con suavidad y la saqué rápidamente.

También humedecí la segunda con mi cálida boca, pues, según dije, era 'necesario'.

Cuando la metí, la polla empezó a entrar y salir a la velocidad de la luz.

A pesar de eso, la saqué antes de que ella pudiese alcanzar satisfacción alguna.

El tercero y el cuarto pasaron de la misma forma.

El moderador era el quinto.

Miré su polla y negué lentamente con la cabeza.

" Creo que también voy a tener que humedecer esta polla "dije maliciosamente.

Me la metí en la boca y comencé a lamerla y a chuparla como si no hubiese nadie más en la habitación.

Le dediqué más tiempo que a ninguna otra.

Por fin, me detuvo con su mano.

" Creo que ya es suficiente "dijo, jadeando de excitación.

" ¿Estás seguro de que quieres que pare? "le pregunté sensualmente.

" Por ahora sí "me dijo" Más tarde quizás te deje seguir.

El moderador estuvo un minuto exacto y fue el que más cerca estuvo de correrse, por culpa de la excitación que mi comida de polla le había causado.

Paul era el último.

Joanna había empujado con fuerza sus caderas contra las dos últimas pollas, intentando llegar al orgasmo, aunque sin conseguirlo.

Decidí que la haría sufrir un poco más antes del último ataque.

Separé lentamente los labios de su coño con la excusa de que así la polla entraría más fácilmente.

Aquello hizo a Joanna estremecerse de placer.

Luego, mi dedo se deslizó por todo su clítoris, excitándola aún más.

Pensé que ya era suficiente y dejé a Paul que se acercase.

Se la metió de un solo empujón, pues el coño de Joanna estaba más que lubricado.

Empezó a propinarle potentes embestidas como habían hecho los demás, pero después de la cuarta, se la saqué e hice que se la metiese por el culo.

Justo al cumplirse el minuto de rigor, el moderador me hizo la señal para que se la sacase.

Joanna empujó hacia atrás con sus caderas para intentar mantener el hinchado miembro en su sitio, pero no tuvo éxito.

El moderador se me quedó mirando.

" Ahora votaremos para decidir el castigo que te imponemos "me dijo, hablando en voz alta para que todo el mundo le oyese.

" ¿Castigo? ¿A mí? Pero, ¿por qué? "dije, incrédula.

" Por haber cambiado las reglas del anterior juego "me contestó" Las pollas solo podían entrar en su coño y no en su culo. Además, no te estaba permitido comerte todas las pollas sin mi permiso".

Nadie votó en contra.

Mientras, vi cómo Joanna rodaba sobre su espalda, con su mano flotando lentamente hacia su hambriento clítoris.

La gente había llegado a una decisión.

" Vamos a vendarte los ojos y luego todos te haremos lo que queramos sin que tú sepas quién ha hecho qué "exclamó el moderador, sonriendo.

De repente, alguien me colocó una venda sobre los ojos y varias manos me empujaron hacia la cama.

Un segundo después, una polla entró en mi boca y comencé a chuparla con ansia.

Una segunda polla se clavó en mi chorreante coño, pero tras cuatro embestidas, salió.

Luego, sentí como alguien me separaba las nalgas y acto seguido, otra polla (o quizá la misma) entró de un solo empujón en mi culo.

Quise gritar pero la polla que había enterrada en mi boca me lo impidió.

Me pusieron de lado lentamente, para que ninguna de las pollas que me estaban follando ni las dos bocas que estaban empezando a chuparme las tetas se alejasen de sus objetivos.

Noté que al menos una de ellas era de mujer pues tenía la piel de la cara muy suave, sin asomo de barba.

Varias personas se amontonaron en torno a mi sexo e intentaron penetrarme.

Tras un leve forcejeo, una de ellas lo consiguió.

Tal era la lucha que se había formado entre la gente que había entre mis piernas, que me sentía como si me estuviesen follando varias personas a la vez.

Era como si toda la gente se hubiese subido encima de mí.

La polla de mi boca entraba y salía de ella sin descanso, mientras que la de mi coño seguía bombeando, pero con alguna dificultad.

La de mi culo aún me penetraba, pero daba la impresión de que casi toda la estimulación de su propietario provenía de mis esfuerzos por contrarrestar las embestidas de todos los demás.

Al parecer, las dos personas que me estaban chupando las tetas habían decidido excitarme y estimularme tanto como pudiese aguantar.

La verdad es que me alegraba de tener los ojos vendados, pues así me podía concentrar totalmente en lo que me estaban haciendo.

Ver lo que pasaba solo me hubiese servido de distracción.

Una de las chicas me cogió una mano, la puso en su coño y comenzó a frotarse con mis dedos, usándolos para masturbarse.

Estaba tan confundida con todo aquello que no era capaz de reaccionar.

Era como si me hubiese convertido en un objeto, como si me hubiesen privado de mi voluntad.

La polla de mi boca empezó a palpitar.

Segundos después, una corriente de leche salió disparada hacia mi garganta.

Intenté tragármela toda, pero un poco cayó por mi mejilla.

Antes de que pudiese recuperarme, pusieron un coño ocupando su lugar, el cual me puse a lamer sin dilación.

Al parecer, los dos que estaban follando mi coño y mi culo habían encontrado un ritmo común.

Con sus embestidas consiguieron que me corriese.

Estaba en mitad de mi segundo orgasmo, cuando oí un grito y el hombre que me estaba atravesando el coño se corrió.

Luego, mientras se retiraba lentamente, sentí cómo su semen empezaba a fluir lentamente de mi agujero.

Su compañero, dedicado completamente a mi culo, seguía bombeando incluso con más fuerza.

Una cara apareció en mi coño y comenzó a lamerlo con pasión.

La sensación de que me estuviesen dando por el culo mientras otra persona me comía el coño era nueva para mí.

Empecé a correrme otra vez.

Alguien empezó a tirarme del pelo.

A pesar de la dificultad, intenté seguir cumpliendo con las exigencias del coño que estaba sobre mi cara.

Una nueva polla apareció en mi mano y comencé a menearla arriba y abajo.

Una de las bocas que había en mis pezones desapareció, ocupando su lugar un par de fuertes manos que comenzaron a restregar mis tetas, amasándolas como si fuesen masa de pan.

" Creo que a esta chica le apetece que le den unos cuantos azotes "dijo a mi derecha una voz que no pude averiguar de quién era.

El coño que estaba chupando se apretó más aún contra mi cara.

Lo lamí todo lo bien que pude.

Sus muslos aplastaron mi cabeza al alcanzar el orgasmo.

Rápidamente, una nueva polla lo reemplazó y se abrió camino hacia el interior de mi boca.

Me imaginaba una fila de personas haciendo cola en cada una de mis atracciones, esperando su turno.

Me di cuenta de que había perdido toda conexión entre aquellos órganos sexuales y la gente a la que estaban unidos.

La venda de mis ojos había hecho desaparecer todo menos mi capacidad de sentir lo que estaba sucediendo.

Tuve que admitir que, desde el mismo instante en que entré en aquella habitación, había estado esperando secretamente que algo así pudiese ocurrir.

Lo cierto era que, desde la primera vez que Joanna me excitó el clítoris con sus dedos, había permanecido en un estado de constante excitación.

Al parecer, el hombre que me estaba dando por el culo había alcanzado finalmente el punto sin retorno.

Me agarró de las caderas y tomó el mando de mis movimientos.

Segundos después, sentí cómo grandes chorros de semen salían lanzados de su polla hacia mis entrañas.

Luego, se tendió a mi lado y sentí cómo su miembro se ablandaba, saliendo lentamente de mi culo.

Inmediatamente después, se fue, dejando libre mi parte trasera.

La boca de mi teta derecha fue reemplazada por otra fuerte mano. Ahora mis tetas estaban siendo masajeadas en equipo.

De pronto, una de las manos desapareció.

Segundos después noté algo en mi pecho, en el valle que formaban mis dos tetas.

Era una mano, una mano embadurnada con alguna especie de lubricante.

Pasó por mis tetas una y otra vez, embadurnándolas con aquel viscoso líquido.

Alguien se subió sobre mi vientre, escaló por mi cuerpo y colocó una dura polla entre mis lubricadas tetas.

Sus manos unieron mis pechos, convirtiéndolos en un coño listo para ser follado.

Las caderas de aquel hombre comenzaron a moverse atrás y adelante a un ritmo demencial.

La polla de mi boca desapareció sin disparar su carga en mi garganta y la de mi mano fue reemplazada por un ardiente coño.

Alguien me besó en la boca, creo que una mujer, serpenteando con su lengua hacia mi garganta.

Notaba cómo el semen goteaba de mi culo y de mi coño.

La polla que estaba follándome las tetas aumentó su velocidad.

Alguien me levantó las piernas, dejando mi coño a la vista.

Me azotaron con fuerza en el culo diez veces, mientras una mano ocupaba un lugar en mi coño, masturbándome.

La polla de mi pecho empezó a escupir semen con fuerza.

Me alcanzó en la cara y luego cayó goteando de ella.

También debió alcanzar a la mujer que me estaba besando, pero no por ello dejó de meterme la lengua ni un solo segundo.

El ya fláccido miembro se apartó de mis tetas.

La boca que me besaba se alejó también, igual que el dedo de mi clítoris.

Durante un instante me quedé allí tendida, exhausta.

Un minuto después, más o menos, me quitaron la venda.

Me dieron una toalla y me limpié suavemente con ella mientras observaba al grupo reunido.

Entre ellos estaba Paul, mi novio, que también había participado.

Me di cuenta de que no lo había reconocido entre toda aquella gente dándome placer sin parar.

" Ahora vas a darnos las gracias a todos y cada uno de nosotros por haberte proporcionado un rato tan agradable "me dijo el moderador" Pero lo harás de una forma muy especial."

Unos instantes después estaba besando los coños de cada una de las mujeres.

Luego, me metí en la boca las pollas de cada uno de los hombres, dándoles las gracias a cada uno de ellos.

Justo en ese momento la puerta se abrió.

" ¿Dónde está todo el.... mundo? "dijo el recién llegado" ¡Joder, me parece que me he equivocado de habitación!"

FIN

AUMENTO DE SUELDO
ERIKA SANDERS

33

Anita llamó a la puerta como si no quisiera romperla.

Esto no tenía sentido, ya que ella era la única persona que quedaba en la tienda de donas.

Ella y la persona al otro lado de la puerta, eso es.

"Adelante", sonó la voz de esa persona.

Anita abrió la puerta y entró, cerrándola detrás de ella.

El clic de la cerradura cuando la presionó con el pomo de la puerta le pareció ensordecedor en la tranquila oficina.

Eric Galvez levantó la vista del papeleo sobre su escritorio.

Miró a Anita, una morena y linda empleada mexicana que vestía el uniforma estilo escolar de la tienda, una camisa blanca abotonada y una falda corta a cuadros, sosteniendo una bolsa de donas.

Tenía un cuerpo impecable y un cabello moreno grueso y en capas que no llegaba a sus hombros.

"Hola, Anita", dijo Eric.

El gerente de la tienda, casado con dos hijos y en sus cuarentas, dejó la pluma y sonrió.

"Hola. Lo siento si interrumpí algo", dijo ella tímidamente.

"Por supuesto que no", le aseguró Eric. "Toma asiento".

La pequeña oficina del gerente consistía en un sofá, dos sillas, un escritorio y archivadores.

Eric vio a Anita caminar hacia él, su falda moviéndose de un lado a otro.

Se sentó en la silla frente al escritorio de Eric, cruzó sus largas piernas y dejó que la falda le llegara hasta los muslos.

Colocó la bolsa en el suelo junto a ella.

"¿Qué ocurre?", Le preguntó el gerente.

Anita dudó, respiró hondo y pasó lentamente los dedos de una mano sobre su pierna superior, desde la parte inferior de la falda hasta la rodilla.

"Estoy pensando en mudarme de la habitación rentada a un departamento", dijo.

Ella era una estudiante de tercer año en una universidad local, trabajando en varios empleos en lugares cuyas horas no interferían con sus clases.

"Genial", dijo Eric con entusiasmo, luego se detuvo. "¿Y necesitas más dinero? ¿Un aumento?".

Anita lo miró tímidamente, antes de que una mirada más seria apareciera en su rostro.

"No puedo creer cuánto piden por rentar. Y el pago inicial es ... ", comenzó a decir.

"Lo sé", interrumpió Eric.

Él la miró por un momento.

Ella había trabajado para él durante casi un año, pidiendo un aumento en otra ocasión.

En ese caso, ella había usado su cuerpo para "influir" en su decisión.

En realidad, él había deseado otra solicitud de ella desde entonces.

Eric miró la bolsa de donas a su lado.

"¿Te llevarás unas donas a casa?", Preguntó.

Los ojos de Anita se posaron en la bolsa y volvieron a su jefe.

"No. Es para ti ... para nosotros ", respondió ella.

Eric ya no necesitaba más explicaciones.

También había traído una bolsa la última vez.

Y esta vez él sabía lo qué hacer.

Se puso de pie y rodeó el escritorio, moviéndose detrás de la silla de Anita.

Ella observó su cuerpo atlético hasta que desapareció detrás de ella.

Un escalofrío le recorrió la espalda por la anticipación.

"Entonces, me trajiste una rosquilla", dijo Eric suavemente. "Y te gustaría compartir".

Anita asintió en silencio.

Eric miró a la joven, con la camisa desabrochada en la parte superior y las piernas bronceadas extendiéndose por debajo de su falda acampanada.

Sus manos se aferraron nerviosamente a los extremos de los brazos en la silla.

Eric puso su mano sobre el cabello de la muchacha y le pasó los dedos por el cuello.

Sintió la piel cálida debajo del cuello de su camisa, luego movió su mano hacia la parte delantera de su cuello antes de acercarse al botón superior.

En un movimiento ágil, le desabrochó el botón; seguido por el siguiente.

La parte superior de sus senos apareció a la vista, encerrados en un delgado sujetador azul.

Sus dedos se deslizaron sobre la suave piel de su seno izquierdo, y luego regresaron al siguiente botón.

Usando ambas manos, rodeándole el cuello y abrió cada botón hasta llegar a la parte superior de su falda.

Eric sacó la camisa de su falda y abrió el último botón.

La camisa de Anita se abrió lo suficiente como para que Eric viera la mayor parte de cada seno desde arriba.

Los vio levantarse y caer mientras ella respiraba agitada.

Un gancho central entre sus senos mantenía su sostén unido.

No era casualidad esto, pensó Eric para sí mismo.

Él se agachó y desabrochó el sujetador, dejando que las dos mitades descansaran libremente en los extremos de sus senos.

Anita continuó sentada inmóvil, mirando las manos de Eric o de frente.

Ella sabía que las cosas estaban a punto de cambiar rápidamente.

Eric puso sus manos sobre la parte superior de sus senos y los dejó caer hasta que sus dedos le quitaron el sujetador.

Ahuecó los morenos pechos desnudos en sus manos, sosteniéndolos suavemente por un momento.

Finalmente, puso los pezones de Anita entre sus pulgares e índices y los pellizcó tiernamente.

La joven suspiró audiblemente.

Eric sintió que su polla se endurecía dentro de los límites de sus pantalones mientras manipulaba los pezones.

Éstos se endurecieron bajo su toque y Anita sintió una excitada punzada viajar a través de su estómago hasta su coñito.

Eric envolvió sus manos alrededor de sus senos, pero apenas pudo llenarlos en su agarre.

Los levantó y observó cómo se acomodaban en sus palmas.

Rodeó la silla y se paró entre el escritorio y Anita, mirándola brevemente.

"Levántate y quítate la camisa", le dijo con voz tranquila.

Anita descruzó las piernas y se paró a pocos centímetros de su jefe.

Levantó la camisa sobre sus hombros y la dejó caer sobre la silla.

Sin detenerse, ella hizo lo mismo con su sostén.

Eric puso sus manos en la parte exterior de los muslos de Anita y levantó las manos hasta que desaparecieron debajo de su pequeña falda.

Anita sintió que las manos se alzaban sobre el exterior de sus bragas y sobre su trasero.

Entonces Eric movió las manos hacia su cintura y agarró la tira de las bragas.

Lentamente, él las bajó, arrodillándose cuando pasaron por sus rodillas y sobre sus pies.

Colocó las bragas negras en la silla y le quitó los zapatos.

Después de levantarse, miró su falda y dijo:

"Quítatela".

Anita desabrochó la falda y la dejó caer al suelo, saliendo y pateándola a un lado.

Eric admiraba su cintura pequeña, las caderas y muslos llenos,

las piernas largas y los pies pequeños.

Sus ojos volvieron a su coño y al pequeño y delgado mechón de cabello oscuro sobre el clítoris.

Anita se sintió extraordinariamente sexy en ese momento, la humedad entre sus piernas aumentaba por segundos.

Quería al hombre delante de ella desnudo y ella sabía que era inevitable.

"Quítame la ropa", él le dijo.

Tuvo que frenar deliberadamente sus movimientos para no revelar su deseo.

Sin embargo, Anita no tardó en ponerle la camisa a Eric sobre su cabeza, revelando una parte superior del cuerpo bien construida, si no demasiado musculosa.

Ella miró hacia abajo y desabrochó su cinturón, con los ojos de Eric alternando entre sus senos y manos.

Ella le desabrochó los pantalones y los bajó hasta que cayeron solos sobre sus pantorrillas.

Anita se arrodilló y le quitó los zapatos y los calcetines antes de sacarle los pantalones y tirarlos a un lado.

Miró hacia adelante al bulto cada vez mayor en sus boxers, luego agarró la pretina y tiró de ellos hacia abajo.

La enorme polla de Eric estaba solo semi erecta, pero Anita sintió una ola de emoción fluir sobre ella mientras le quitaba los boxers.

Ella se levantó y se enfrentó a su jefe.

Para alivio de Anita, él hizo el primer movimiento al abrazarla y atraerla hacia él.

La besó apasionadamente, presionando su polla contra su cuerpo y moviendo sus manos hacia su trasero.

Eric apretó sus suaves mejillas cuando sus lenguas se encontraron entre sus labios.

Anita sintió que apretaba su coño contra su cuerpo, sin estar segura de si estaba más decidida a satisfacerse a sí misma o a Eric.

Su beso continuó mientras ella envolvía una mano alrededor de su polla, sintiéndola palpitar.

La polla comenzaba a apuntar hacia arriba y la chica bombeaba su mano repetidamente hacia arriba y hacia abajo del miembro.

Cuando terminó el beso, Eric miró a Anita y dijo:

"Mi esposa no me hace eso. Lo haces de maravilla".

"Gracias, me alegro te guste", sonrió.

"Tengo hambre" Dijo Eric.

"Yo también".

Se movieron hacia el sofá.

Eric agarró la bolsa de donas en el camino.

Encontró tiempo para ver cómo el pequeño y redondo trasero de Anita rebotaba con sus pasos antes de acostarse en el sofá, con la cabeza sobre una almohada pequeña en un extremo.

Eric metió la mano dentro de la bolsa y sacó una rosquilla y un pequeño cuchillo de plástico.

"Ah, rellenos de crema de vainilla. Mis favoritos", dijo. "¿Te gustaría compartir?"

"Me encantaría", respondió Anita.

Eric se arrodilló y colocó la rosquilla cubierta de chocolate en el estómago plano de la chica, cortándola cuidadosamente por la mitad con el cuchillo.

Un escalofrío recorrió el cuerpo de Anita cuando el cuchillo apenas rozó su piel.

Eric la vio contraerse cuando la hoja del cuchillo reapareció desde el interior de la rosquilla gruesa, luego colocó el cuchillo y la mitad de la rosquilla encima de la bolsa en el suelo.

Él levantó la rosquilla de su vientre y giró el centro lleno de crema hacia ella.

Metódicamente, la bajó hasta que el pezón de su seno derecho estuvo directamente debajo de la crema.

Con un golpe largo y suave, llevó una capa de crema de vainilla sobre el extremo de su seno.

Anita cerró los ojos cuando el frío relleno cubrió su pezón y la piel circundante, enviando ondas a través de su cuerpo hacia su estómago y su coño.

Eric movió la dona ligeramente hacia un lado y repitió el proceso, agregando una segunda cinta de crema adyacente a la primera.

Finalmente, le dio la vuelta a la rosquilla y frotó la cubierta de chocolate sobre la punta de su pezón rígido.

Eric colocó la dona en la bolsa y miró a Anita.

Estaba observando atentamente, anticipando su próximo movimiento y rogándole en silencio que la devorara.

Eric movió la cabeza sobre su pecho y pasó la lengua por su pezón, saboreando el chocolate dulce.

Anita casi gimió en voz alta, pero se contuvo y observó cómo la lengua de su jefe alargaba su camino para incluir una pulgada por encima y por debajo del pezón.

Tragó una vez antes de regresar al seno, esta vez abriendo mucho la boca y colocando la mayor parte del seno redondo y lleno de la chica como fuera posible.

Su lengua raspó el pezón varias veces antes de que sus labios se cerraran alrededor de la carne rosada y la chuparan.

Esta vez, Anita no pudo contenerse.

"Oh, Dios", susurró.

Eric levantó la cabeza y se lamió la crema de los labios.

Cuando su boca aterrizó una vez más en el seno de Anita, su mano estaba empujando el seno hacia arriba y lamió con hambre el resto de la crema de vainilla de su piel.

Siempre volvía al pezón.

Anita arqueó la espalda, empujando el pecho más alto.

Sintió que la humedad entre sus piernas aumentaba con cada paso de su lengua sobre su pezón y estaba segura de que él podría hacerla correrse si la mantenía así.

Estiró la mano hacia la dona nuevamente, esta vez extendiendo el relleno blanco y el chocolate sobre su pecho izquierdo en mayor cantidad.

La crema cubría casi dos tercios del pecho, dejando a Eric con una media dona casi hueca en la mano.

Después de volver a colocar la rosquilla en la bolsa, se inclinó sobre el cuerpo de Anita y procedió a exponer meticulosamente su seno una lamida a la vez.

La chica movió su mano hacia la parte superior de la cabeza de Eric y la presionó con más fuerza contra su pecho.

Mientras tanto, su mano se movió desde su cadera hasta entre sus piernas, acariciando momentáneamente el clítoris enterrado debajo de un mechón de cabello castaño oscuro cuidadosamente cortado.

"Oh, Jesús", dijo en voz baja. "Eso se siente tan bien".

Con solo una pequeña cantidad de crema de vainilla en su pecho, Eric se subió al sofá, colocando sus piernas entre las suyas.

Su polla estaba completamente erecta ahora, apuntando hacia arriba en un ángulo agudo.

Se inclinó hacia adelante y colocó la polla sobre el pecho cubierto de crema, moviéndolo de un lado a otro hasta que tuviera una pequeña capa del relleno blanco.

Anita usó su mano para dirigir la polla a las áreas con más crema.

Pronto, era blanca desde la cabeza rosada hasta la base.

Anita vio como Eric se deslizaba hacia adelante y llevaba la polla a sus labios.

Ansiosamente, abrió la boca y aceptó el regalo.

El sabor azucarado de la crema casi la hizo olvidar el amor que sentía por el sabor de una polla caliente y dura.

Su lengua trabajaba todos los lados del miembro mientras Eric la deslizaba dentro y fuera de su boca, haciéndole gemir de placer.

"Ummmm, Anita. Chúpame Lámeme así", dijo Eric. "Sí, sí. Como eso."

La chica tardó unos minutos en sacar la última crema de la polla; chupando, lamiendo y tragando tan rápido como pudo.

Cuando terminó, Eric estaba más duro de lo que había estado antes y estaba cerca del clímax.

"Fóllame, Eric", exclamó Anita en voz alta. "Te quiero en mí. Por favor."

Cuando su jefe bajó del sofá, Anita abrió las piernas y levantó las rodillas.

Cuando tuvo su polla en la entrada de su coño, su mano estaba en posición lista para guiarlo hacia ella.

Incluso ella estaba sorprendida de lo preparada que estaba para él.

Tan pronto como la cabeza del pene hinchado encontró la abertura, Eric pudo bajarse hasta que sus muslos se encontraron en una suave palmada.

"Dios sí. Jódeme —dijo Anita.

Eric no tardó en cumplir con sus demandas.

Él la levantó por el culo y comenzó a deslizar su polla dentro y fuera, sintiendo que ella contraía su vagina periódicamente.

Anita levantó las piernas y suavemente las envolvió alrededor de la cintura de Eric, permitiéndole levantarla aún más.

Los senos de Anita se balanceaban rítmicamente.

Pellizcaba los pezones ocasionalmente, enviando lo que parecían corrientes eléctricas directamente a su coño.

Mientras tanto, Eric se reposicionó para que una mano libre pudiera masajear su clítoris.

Encontró la protuberancia inflada fácilmente y la frotó.

La cabeza de la chica comenzó a balancearse de un lado a otro y murmurando:

«Joder. Mierda. Si ahí. ¡Ahí!"

Eric le frotó más fuerte y sintió que su cuerpo se tensaba.

Sus piernas lo apretaron con fuerza y ella gritó: "Ahhhh. Oh, Dios. Ahora."

Su orgasmo comenzó con otro gemido ahogado y sus caderas se sacudieron hacia arriba para encontrar sus empujes hacia abajo.

Durante al menos treinta segundos, Eric la penetró una y otra vez, mientras ella gemía y gritaba que la follara.

Eric quería que la sensación de su apretado coño alrededor de su polla y su cuerpo retorciéndose debajo de él durara para siempre.

Él se aferró a su trasero mientras ella lentamente comenzó a acomodarse en el sofá.

Ahora capaz de concentrarse en su propio cuerpo, Eric sintió que la primera oleada de esperma se levantaba de sus bolas.

Anita sintió el orgasmo que se aproximaba en él y lo instó a seguir.

"Eso es. Vamos Córrete en mi coño".

La polla de Eric explotó en una inundación de esperma que Anita sintió llenando sus entrañas.

El fluido cálido salió disparado en varios chorros, cada uno acompañado de un fuerte gemido.

Eric agarró a Anita por la parte inferior de los hombros y apretó su cuerpo contra el suyo.

Cuando estuvo a punto de terminar y se quedó quieto con su polla profundamente dentro de ella, Anita apretó su coño con fuerza.

"Ahhh, joder. Detente" murmuró Eric, casi sin aliento y medio riéndose.

Se sacudió por última vez y se cayó de ella, flácido y totalmente agotado.

Él yacía en sus brazos, su cabeza sobre su pecho y sus piernas todavía envueltas alrededor de su cintura.

"Todo lo que tienes que hacer es pedirlo cuando quieras", dijo Eric suavemente, su dedo trazando el contorno de su pezón.

"Es que hoy tenía hambre", dijo ella.

FIN

45

SITUACIÓN INESPERADA
ERIKA SANDERS

47

CAPÍTULO I

"Te estaré esperando en la habitación, ponte algo revelador", le había dicho John.

Le trataban como si fuera comida para llevar, pensó Gina cuando terminó la llamada.

Y así es como se sentía ahora, mientras se aplicaba el maquillaje en el espejo del tocador: ojos ensombreados, labios rojos en forma de corazón, y el suficiente maquillaje en la cara como para no hacerla parecer una figura de un museo de cera.

¿Algo más que desee en su pedido, cariño?

Satisfecha con su trabajo, caminó descalza por la alfombra del dormitorio, solo vestida con el sujetador y las bragas, y abrió el armario.

De un estante por encima de donde estaba su ropa sacó una pequeña caja con dinero y se la llevó a la cama.

Cuando ella la abrió, cayeron sobre las sábanas de seda muchos billetes de diez y de veinte.

Gina contó cuatro de veinte y guardó los demás dentro de la caja.

Volvió a colocar la caja en el armario, metió el dinero en su bolso y comenzó a vestirse.

John vivía al otro lado de la ciudad en una lujosa casa unifamiliar de cinco dormitorios cerca del canal.

Le llevaría diez minutos conducir allí, dependiendo del tráfico de la tarde.

Él era un cliente relativamente nuevo de ella al que había atendido seis veces hasta ahora.

Ella lo odiaba.

Era arrogante, rudo y complétamente pervertido.

Era de ascendencia italiana: color de piel oliváceo, una nariz grande y lleno de grueso pelo negro todo él.

A John le encantaba comer y Gina pensaba que parecía una mezcla entre un gángster de los años cuarenta y un cerdo barrigón.

Él se había jactado de los vínculos que tenía con el inframundo criminal, pero Gina no estaba segura de cuánto de lo que decía era verdad.

Ella pensaba que él solo estaba tratando de impresionarla.

Ella no podía entender por qué los hombres pensaban que esto era atractivo para las chicas.

Gina odiaba la violencia y apagaba una película a la primera señal de sangre o violencia.

Pero John definitivamente estaba en algún tipo de negocios poco confiables.

Ella había visto armas en su casa.

Había escuchado llamadas telefónicas acaloradas durante su relación sexual que John se negó a ignorar.

Hablando de dinero y drogas.

Ella encontró a hombres aborrecibles como John: codiciosos, egoístas, deshonestos y corruptos.

Sin embargo, ella necesitaba demasiado el dinero.

La vida de Gina estaba llena de deudas.

Un curso universitario de humanidades, el mini Fiat, que conducía a su trabajo de secretaria todos los días, comprar ropa, vacaciones en Ibiza y un préstamo que había sacado para amueblar su departamento.

Ella estaba nadando en deudas, pero las compañías de préstamos nunca le habían negado ninguno.

Y era por eso por lo que había estado trabajando como acompañante privada durante el último año.

Privada era la palabra clave.

No tenía publicidad en línea, demasiado temerosa de que su familia o amigos descubrieran su sórdido secreto.

Si no que ella dependía del boca a boca y de sus clientes habituales, tipos como John.

El primer hombre que le pagó por tener relaciones sexuales con ella se llamaba Peter.

Lo conoció en un sitio de citas después de su ruptura con Adams, pero supo instantáneamente que no era para ella.

No era el hecho de que tenía unos cuarenta y era quince años mayor que ella.

En realidad, esa era la razón por la que lo había conocido en primer lugar, pensando que un hombre mayor podría darle lo que Adams, un muchacho de veinticuatro años, no había podido.

Compromiso, seguridad, nuevas experiencias sexuales tal vez.

Ella simplemente no sentía ninguna conexión con Peter, y lo supo en una hora después de su primera cita, la cena para dos en un restaurante indio en la parte más agradable de la ciudad.

Ella se despidió y le agradeció una deliciosa comida, pensando que sería la última vez que lo vería.

Pero Peter estaba más interesado en ella de lo que inicialmente había pensado.

Él la contactó dos días después con una oferta para pagarle por sexo.

Gina se sorprendió al principio, incluso se sintió ofendida.

Con su bronceado profundo, cabello rubio teñido y su inclinación por la ropa reveladora, sabía que daba una cierta impresión atractiva.

Pero eso no la convertiría en una zorra, ni en alguien que abriera sus piernas ante la primera señal de problemas financieros.

Ella ciertamente había conocido chicas que sí lo harían.

Pero Peter parecía ser un tipo tan agradable, y cuanto más Gina pensaba en su deuda, comenzó a preguntarse que qué daño había en aceptar la oferta. Habría un beneficio mutuo.

Peter la poseería y ella obtendría el dinero que necesitaba desesperadamente.

Si nadie acaba lastimado, realmente, ¿cuál era el problema?

Gina era una ingenua, sin embargo.

Nunca previó cuán adictiva podía ser el sexo pagado, ni cuán miserable y barata la haría sentir.

Para empeorar las cosas, Peter no era el caballero que ella primero había pensado que era.

Pronto se corrió la voz de que ella era buena en sus servicios y solo podía haber sido esto porque él lo difundiera directamente.

Las ofertas de todo tipo, a través del sitio de citas en el que había conocido a Peter, llenaron su buzón.

No podía creer cuántos hombres mayores había que buscaran mujeres más jóvenes para tener relaciones sexuales, y cuántos estaban dispuestos a pagar por ello.

Había sido muy lucrativo para ella y pronto aprendió que podía ganar más dinero si estaba dispuesta a ampliar sus límites un poco más.

Los hombres pagaban más por cosas como anal, dominación, lluvia dorada y varios tipos de juegos de rol.

Gina había invertido en uniformes de colegiala, lencería sexy y látigos. Había comido todo lo que le sugirieron, y se metió toda clase de objetos dentro de ella e incluso había fingido amamantar a un hombre de cincuenta años vestido con un pañal.

Por supuesto, John, con su dinero, había disfrutado de todos los servicios disponibles.

Desde prostitutas de clase alta hasta estrellas porno e incluso modelos de página tres.

Era una obsesión que rayaba en la adicción.

Parecía que todas las chicas jóvenes y hermosas estaban dispuestas a vender sus atributos mientras aún los tuvieran deseables.

Era trágico.

Entonces, no fue una sorpresa, que luego de enterarse por un amigo, John contactara con Gina.

Y esta noche iba a ser su quinta vez juntos.

Gina miró su reloj y se arregló su ropa en el espejo del pasillo. "Todo habrá terminado en un año, niña", se recordó a sí misma.

'Puedes hacerlo.'
Luego agarró sus llaves y salió por la puerta.

CAPÍTULO II

Diez minutos después, se detuvo en Midesting Road.

Eran poco más de las diez y media y una fiesta en la piscina en una de las otras casas estaba en pleno apogeo.

Condujo a través de las puertas de hierro forjado de la casa de John y estacionó el Fiat en el camino.

La luna brillaba en el techo del Mercedes plateado de John mientras oía el sonido de sus tacones crujir por la grava e iba hacia el lateral de la casa.

John le había dicho que entrara por la entrada trasera.

Esta noche van a jugar un juego de rol.

Él va a estar acostado en la cama y ella va a entrar, como una ladrona, y sorprenderlo.

A John le encantaba mezclar las cosas.

Ella nunca había conocido a un hombre tan sexualmente imaginativo.

Se detuvo a mitad de camino por el costado de la casa y miró hacia arriba y hacia abajo por el callejón.

Estaba segura de que nadie la vería allí, pero quería asegurarse por las dudas.

Se bajó las bragas, deslizándolas por los talones, y luego se arregló la falda.

Ella metió las bragas dentro de su bolso.

Encaje rojo, el favorito de John.

Luego se tambaleó sobre sus tacones por el camino y abrió la puerta que daba al jardín trasero.

Una papelera metálica resonó cuando accidentalmente la pateó con la punta de su tacón afilado.

'¡Estúpida!' Se amonestó a sí misma.

La luz de la cocina estaba encendida y la puerta del patio que daba hacia ella estaba entreabierta.

John debe haberla dejado abierta para ella.

Gina se echó el pelo hacia atrás, continuó con su sensual caminata y entró a la casa.

Percibió olor a quemado al entrar en la cocina y cerró la puerta.

Probablemente era uno de los cigarros que a John le gustaba fumar.

Él era un gángster tan fumador.

La casa estaba silenciosa.

John debe estar esperándola en la cama como le había dicho.

Gina caminó a través del comedor amueblado de forma muy concienzuda, todos los muebles modernos y de madera con un tono de color rojo oscuro, y salió al pasillo.

Ella miró hacia la escalera de caracol.

"John", dijo burlonamente. '¿Estás listo o no?'

Sus tacones resonaron en los peldaños pulidos mientras subía las escaleras.

Cuando giró hacia el pasillo, vio la puerta del dormitorio de John abierta.

La luz estaba encendida pero aún no hacía ningún ruido.

Entonces escuchó un crujido.

'¿John?'

El bastardo gordo probablemente estaba sentado en su trono en el baño en suite.

Gina se alisó su cabello, se bajó el escote y entró en la habitación.

Todo pareció detenerse en ese momento.

Todo el cuerpo de Gina se congeló.

Acostado en la cama, completamente desnudo y mirando al techo, estaba John, con un charco de sangre empapando las sábanas a su alrededor y con la garganta cortada.

Gina soltó un grito.

Una figura oscura salió de detrás de la puerta y la agarró, pasándole un brazo alrededor del cuello y poniéndole la mano en la boca.

'No hagas ningún ruido o a ti también te cortaré el tuyo', dijo.

Gina sintió la punta fría y afilada de un cuchillo en el cuello.

'¿Quién eres?' ella gimió.

'Alguien a quien no te gustaría joder'

El hombre le apretó el cuello con más fuerza con su musculoso antebrazo.

'¿Qué estás haciendo aquí?'

'Vine a ver a John'.

'¿Para qué?'

'Él me pidió que lo hiciera'.

'¿Por qué?' exigió el hombre.

'Solo para verlo'.

Él aplastó la tráquea de Gina con su brazo, haciendo que se atragantara.

'¿Por qué?' gritó.

'Para tener sexo', Gina se las arregló para balbucear.

Ella comenzó a toser cuando el hombre alivió la presión alrededor de su cuello.

'¿Eres una prostituta?' él dijo.

'No!'

'¿Entonces qué?'

'Una acompañante'.

"Es lo mismo", dijo el hombre.

Gina no dijo nada, demasiado temerosa de que el hombre pudiera romperle el cuello o apuñalarla si lo contrariaba.

"Parece que tenemos un problema", dijo.

Se giró hacia el cuerpo sin vida de John, manteniendo a Gina firmemente sujeta entre su brazo y su pecho.

Gina sintió que iba a enfermarse al ver tanta sangre.

"Ahora eres testigo de un asesinato".

'Por favor', suplicó Gina.

'No se lo diré a nadie. Solo déjame ir.'

CAPÍTULO III

Del hombre surgió una risa siniestra.

'Seguro entiendes que no va a ser tan fácil como eso'.

El miedo se disparó a través del cuerpo de Gina.

Sintió como una cálida orina comenzaba a gotear por el interior de sus piernas.

Ella no quería morir esta noche.

El hombre la agarró del brazo con su mano enguantada en cuero y la llevó al baño.

Él cerró la puerta detrás de ellos y se volvió para mirarla.

Gina retrocedió a un rincón cuando vio su rostro.

No había esperado que fuera uno de los rostros más hermosos que jamás había visto, pero fue la profunda cicatriz que corría por un lado de su mejilla lo que más la sorprendió.

Y su cuerpo parecía hecho para matar, con unos hombros de campeón de boxeo y que podría romper un cuello por la mitad.

Él era un monstruo.

La miró de arriba abajo con unos duros ojos azules.

'¿Quién sabe que estás aquí?'

'¡Nadie! Por favor, puedes dejarme ir y escapar. Te aseguro que no le diré a la policía'.

Se acercó a ella en un paso lento y depredador.

'Es demasiado tarde para eso. Ya has visto mi cara'.

'Prometo que no lo contaré. Por favor, ni me preocupas tú ni John, solo quiero ir a casa. No quiero morir ". Gina estalló en lágrimas.

El hombre puso una mano enguantada sobre su hombro desnudo y se acercó amenazadoramente a su rostro.

Gina sintió que el aire cálido de su nariz le rozaba las mejillas.

'Ya, ya, ya', ronroneó. '¿Por qué arruinar esta cara bonita?'

Pasó un largo dedo por la mejilla surcada de lágrimas de Gina.

Todo el cuerpo de Gina se convirtió en hielo cuando sintió su toque.

Había algo extremadamente conflictivo sobre la atracción que sentía por el cuerpo de este hombre y el miedo que sentía al ser inmovilizada contra la pared por alguien que sabía que podía matarla fácilmente.

Él se inclinó más de cerca y pasó su áspera lengua por su rostro, haciendo que ella sintiera como un escalofrío recorría a través de su piel.

Ella no esperaba lo que vendría después.

La mano enguantada del hombre se deslizó debajo de su falda, mientras sus largos dedos tanteaban a sus labios expuestos.

'Niña traviesa', dijo ante su inesperado descubrimiento.

'Por favor ... oh'

El hombre se había quitado el guante y un dedo largo y carnoso estaba ahora dentro de ella.

Encontró el clítoris de Gina sin problemas y lo masajeó, creando un calor que comenzó a extenderse dentro de ella.

Pasó la lengua por los firmes contornos del cuello de Gina al mismo tiempo.

Gina se volvió y vio su reflejo en el espejo sobre el fregadero.

Y vio también a esta alta y extraña bestia que se hunde en su cuello como un vampiro, con la hoja del cuchillo en su mano libre destellando por la luz del halógeno como una advertencia.

Ella no se atrevió a moverse por temor a que él usara su punta afilada contra ella.

El hombre se apartó y recorrió su cuerpo con la mirada.

Había una profunda excitación en ellos como si él pudiera ver su cuerpo desnudo a través de la ropa.

Él deslizó su bolso de su hombro y lo dejó caer en el suelo, mientras un tubo de lápiz labial y unas bragas rojas se derramaban sobre las baldosas.

Él agarró uno de sus pechos a través de su chaleco ajustado a la piel y lo apretó suavemente, luego pasó el dedo por el pezón cuando se puso firme.

Ella era masilla en sus manos.

'¿Qué vas a hacer conmigo?' Preguntó ella.

'Ya que estamos solos y tenemos el lugar listo solo para nosotros, te voy a dar lo que ese tipo de ahí nunca te habrá dado.'

Oh, Dios, pensó Gina. Eso no.

Sintiendo su miedo, el hombre sonrió.

'No te preocupes. Una vez que me experimentes en tu coño estarás contenta de que el otro esté muerto.

El hombre tenía razón sobre que estaban solos.

Sin vecinos cerca, cualquier grito de ayuda daría resultados infructuosos.

Si ... si ella accedía, hacía lo que dijo el hombre, podría salir viva de la casa.

Con todas las demás probabilidades apiladas en contra de ella, ¿qué otra opción tenía ella aparte de realizar el mejor juego de rol de su vida?

Así que tomó una decisión.

Ella iba a hacer la mejor actuación de su vida.

Y si fracasaba, ella tenía un plan de respaldo.

"Quítate eso", gruñó el hombre, apuntando con la cabeza hacia su chaleco.

Gina hizo lo que él dijo.

Cuando el chaleco se deslizó sobre su cabeza, ella sacudió su cabello y le clavó sus ojos en el cuerpo.

"Quiero que tú también te desnudes", dijo.

El hombre dejó escapar una risa burlona.

'No me vas a decir qué hacer. Y no soy tan estúpido como pareces creer. Tírala hacia abajo.' Él señaló con la cabeza hacia la falda de Gina.

Ella se desabotonó la falda y la dejó caer por sus piernas, luego la pateó hacia él con su tacón.

Ella estaba allí delante de él en tacones y sujetador, y con afeitados labios vaginales expuestos al aire fresco del baño.

Levantó sus ojos azules rodeados de rímel a la mirada penetrante de su captor.

"Que dulce y hermosa", dijo, aspirando aire a través de sus fosas nasales. 'Date la vuelta.'

Gina se dio la vuelta y miró hacia la pared de azulejos.

A través del reflejo del espejo, ella observó cómo el hombre se inclinaba y acariciaba su entrepierna mientras estudiaba su trasero.

El gran bulto que vio que sobresalía en sus pantalones le hizo saber que estaba bien dotado.

Él hizo que se ella inclinara hacia adelante, la agarró por las caderas y llevó su entrepierna hacia ella.

El bulto duro y gordo ahora le estaba presionado la hendidura de sus nalgas.

Su mano desnuda le tocó el culo y la empujó hacia delante, con el cuchillo aun firmemente agarrado en la otro.

Gina lo observó mientras lo colocaba en el mostrador junto al lavabo y comenzaba a desabotonarse los pantalones.

Ella miró el cuchillo, luchando contra el impulso de agarrarlo.

Pero ella sabía que no podía ser tan estúpida; con su tamaño, el hombre dominaría su pequeño cuerpo de metro y medio en segundos. Aun así, fue tentador ... muy tentador.

Sus pantalones negros cayeron al piso revelando un par de boxers también negros sobre unos enormes y musculosos muslos.

Su erección se alzaba hacia el dobladillo, hinchada y enorme.

Gina se tragó el jadeo que casi escapó de su boca.

¿Cómo iba a poder meterse todo eso?

La gran polla estaba tensa contra la tela apretada de sus calzoncillos, ansiosa por salir.

Cuando el hombre se los bajó, la gran cabeza morada cayó sobre las mejillas de Gina.

El grueso y muy venoso miembro tenía al menos veinticinco centímetros de largo.

El asesino era un Adonis sexual.

Él le agarró la cadera con la mano que aún tenía enguantada y tomó su verga con la otra, guiándola hacia los labios vaginales de Gina.

Cuando sintió el cálido y suave pollón entre sus labios, Gina jadeó.

Y cuando se la metió en el interior, sus rodillas casi se doblaron.

El pene se introdujo a una profundidad audaz, palpitando con excitación dentro de su vagina húmeda y caliente.

Golpeó un área dentro de Gina que nunca había sido penetrada antes, y su clítoris traicionero comenzó a bombear con excitación, la humedad se fue acumulando en sus labios y paredes para acomodar a esta nueva y excitante llegada.

El hombre comenzó a empujar, sus fuertes caderas pudieron forzar la dureza de las paredes internas de Gina a una velocidad extraordinaria.

Se sintió increíble.

Ella se agarró al borde del mostrador del lavabo mientras él continuaba penetrando sus húmedos labios vaginales, sus bolas golpeándose contra ella.

Se quitó el otro guante y con sus grandes y sorprendentemente suaves manos recorrieron su espina dorsal y le abrieron el sujetador.

Éste cayó al suelo de baldosas, liberando sus pechos.

Ahora ya solo llevaba puestos sus tacones cuando la enorme bestia la golpeaba desde atrás.

Gina sintió que él se retiraba, su coño obteniendo un instante de alivio momentáneo.

Pero no pasó mucho tiempo antes de que su pene estuviera dentro de ella otra vez, pero esta vez hacia su culo.

La enorme polla del asesino penetró los apretados pliegues del ano de Gina, enviando un dolor agudo hacia ella que la atravesó.

Por un momento, pensó que no sería capaz de soportar el dolor, con los músculos apretados para expulsar este objeto extraño, pero luego se relajaron cuando el dolor comenzó a convertirse en placer.

Gina había recibido sexo anal antes, pero no de un falo tan grande como este.

El placer que la invadía ahora no era comparable a nada que hubiera sentido antes.

Tenía que recordarse a sí misma dónde estaba.

En la casa de John siendo follada por un hombre que acababa de matarlo.

El cadáver muerto, y ya algo frío, de John yacía a unos metros de distancia en la otra habitación como una horrible efigie de su yo anterior.

Gina sabía que nunca sería capaz de borrar esa imagen de su memoria, sin importar cuánto lo hubiera despreciado.

Y borraría el odio que sentía hacia él si con eso él pudiera volver vivo y la pudiera ayudar ahora.

Pero hay algo extraño en lo que sucede cuando te enfrentas a una amenaza de muerte y Gina lo estaba experimentado por primera vez en este baño en el que ahora estaba cautiva.

Un instinto toma el control, tan primario que ya no lo sientes como un instinto animal.

Y sabes que harás cualquier cosa para sobrevivir.

CAPÍTULO IV

El hombre golpeó su culo con embestidas furiosas, la saliva se derramaba fuera de su boca, su atractivo rostro enrojecido y excitado.

Los sonidos bajos y guturales que estaba haciendo le avisaron a Gina que estaba por correrse.

Ella agarró el borde del mostrador con fuerza.

Las puntas de sus dedos se volvieron blancas mientras se sostenía.

'Joder,' el hombre gimió.

'Me voy a correr'.

Y lo hizo, y un pesado suspiro salió su boca, cerró los ojos y arqueó la cabeza hacia atrás ...

Y Gina aprovechó su oportunidad.

Soltó el mostrador y agarró el cuchillo.

Con un barrido ciego y contundente de su brazo lo hundió en el cuello de su abusador.

Ella saltó y presionó su espalda contra la pared, las baldosas frías contra su espalda empapada de sudor.

Con los ojos muy abiertos por el miedo y la preocupación, Gina vio que el hombre estaba parado en una postura estática, ahogándose mientras sus grandes ojos la miraban.

El cuchillo sobresalía de su grueso y brillante cuello, y la sangre rojo oscuro se filtraba por el cuello de su abrigo negro.

Su polla estaba aún erguida, con un rastro brillante de esperma colgando de la punta.

Sus ojos aturdidos permanecieron fijos en los de Gina cuando su boca se abrió y la sangre se derramó sobre su labio inferior.

Se las arregló para gorgoteár la palabra 'Perra' antes de colapsar hacia atrás y estrellarse contra la puerta.

Gina lo miró por un momento, su pecho subiendo y bajando, antes de dejar escapar una risa enloquecida. Su plan había funcionado.

Primera vez. Ella lo había visto por el espejo cerrar los ojos mientras eyaculaba, así que se deleitó con el hecho de que había hecho el ataque mucho más fácil.

Ella agarró su ropa y rápidamente se vistió, esta vez volviéndose a poner las bragas.

Agarró su bolso y pateó a su atacante con la punta afilada de su tacón. Entonces ella escupió en su cara.

'¡Eso es por llamarme puta, hijo de perra!'

Empujó el cuerpo hacia atrás para poder abrir la puerta.

La parte posterior de su cráneo golpeó la alfombra con un ruido sordo cuando abrió la puerta.

Ella caminó de puntillas sobre el cuerpo empapado de sangre y entró en el dormitorio.

Ella miró el cuerpo de John en la cama.

Sangre en el piso.

Sangre en la cama.

La muerte dondequiera que mirara.

Era demasiado.

Gina salió corriendo de la habitación y bajó por la escalera de caracol tan rápido como sus tacones podían llevarla, con triángulos carmesí manchando el suelo a su paso.

Al pie de la escalera se detuvo, se enjugó las lágrimas y controló sus pensamientos.

Este estilo de vida lo había arruinado todo para ella.

La había hecho miserable y cínica con los hombres.

Había reorganizado su moral.

Y ese bastardo muerto y gordo era uno de los peores con sus modos corruptos y fantasías sórdidas.

Era un modelo en la sociedad, pero extendió e infectó con sus maneras corruptas todo lo que tocaba.

Incluyéndola a ella.

Le había convertido en algo que ella no era.

Y ahora la había convertido en una asesina.

Ella había matado en defensa propia y el mierda que yacía en un charco de su propia sangre se merecía todo lo que le había pasado.

Pero ella sabía que nunca iba a olvidar.

Cómo la había maltratado como si no fuera más que una sucia puta, y cómo su cuerpo la había traicionado respondiendo con placer al contacto de sus sucias y asesinas manos.

¿Cuántas vidas de otras jóvenes deben haber arruinado estos dos?

¿Y cuánto seguían sufriendo esas chicas?

Yo ya no voy a sufrir más, pensó Gina.

Subió corriendo las escaleras y entró en el dormitorio.

La visión de los dos cadáveres muertos la hizo que le entraran ganas de vomitar, pero se tragó las náuseas con un codazo y se acercó a la cama.

La cara de John era una máscara de horror, su boca negra y abierta como un pez, los ojos congelados por el terror.

Gina desvió la mirada y buscó el brazalete de oro alrededor de su rechoncha muñeca.

Había un relicario rectangular delgado que unía la cadena.

Ella lo abrió y leyó el número que estaba adentro: 47689.

Repitiendo el número en su cabeza como un mantra, ella cerró el relicario y metió la mano dentro de su bolso.

Sacó un pañuelo y limpió las huellas dactilares del guardapelo.

Dirigió a John una última mirada desdeñosa antes de volverse y correr escaleras abajo.

Corrió por el pasillo hasta que llegó al estudio de John y abrió la puerta.

Examinó la habitación hasta que sus ojos se posaron en lo que había venido a buscar.

La caja fuerte de John.

Había alardeado sobre su contenido en una de las visitas de Gina y ella había exigido saber qué había dentro.

"Bellas joyas", había dicho con una sonrisa arrogante.

"Vale más que toda esta casa".

Luego golpeó la cadena en su muñeca y se llevó el dedo a los labios. "Shh".

Gina caminó hacia la caja fuerte en la pared y marcó la combinación.

La caja fuerte hizo clic indicando que se podía abrir.

Ella abrió la puerta de acero y miró dentro.

Sobre un montón de sobres marrones había un joyero rojo aterciopelado.

Gina sintió un nudo en el estómago.

Ella lo abrió para encontrarse con el collar de diamantes más increíble que había visto, con sus piedras bellamente elaboradas brillando con efecto cinemático.

"Vale más que esta casa entera", susurró a sí misma.

Lo suficiente como para liquidar todas sus deudas y algo más.

Con el corazón latiendo dentro de su pecho, cerró la tapa y guardó el joyero dentro de su bolso.

Luego ella cerró la caja fuerte y frotó el pañuelo sus posibles huellas.

Salió apresuradamente del estudio y bajó por el pasillo hacia la puerta principal, comprobando que sus tacones no habían dejado ninguna huella incriminatoria suya en sus tablas brillantes.

Suyas no.

Ella abrió la puerta de la casa.

El aire fresco y suave golpeó sus mejillas mientras ella se adentraba en la noche y la carga de la presencia en la casa se fue instantáneamente de sus hombros.

Libre por fin, ella corrió por el camino de grava y saltó dentro de su automóvil, lanzando su bolsa en el asiento del pasajero.

Ella dejó caer la cabeza sobre el volante y dejó escapar un grito grave y gutural.

Exhausta y agotada, buscó dentro de su bolso y sacó su teléfono.

Ella marcó el 911.

"Policía, por favor, acabo de matar a un hombre".

FIN

73